にほんご

穩紮穩打日本語

初級1

目白JFL教育研究会

前言

　　課堂上的日語教學，主要可分為：一、以日語來教導外國人日語的「直接法
（Direct Method）」；以及，二、使用英文等媒介語、又或者使用學習者的母語來
教導日語的教學方式，部分老師將其稱之為「間接法」（※：此非教學法的正式名稱）。

　　綜觀目前台灣市面上的日語教材，絕大部分都是從日方取得版權後，直接在台
重製發行的。這些教材的編寫初衷，是針對日本的語言學校採取「直接法」教學時
使用，因此對於在台灣的學校或補習班所慣用的「使用媒介語（用中文教日語）」
的教學模式來說，並非那麼地合適。且隨著時代的演變，許多十幾年前所編寫的教
材，其內容以及用詞也早已不合時宜。

　　有鑑於網路教學日趨發達，本社與日檢暢銷系列『穩紮穩打！新日本語能力試
驗』的編著群「目白JFL教育研究會」合力開發了這套適合以媒介語（中文）來教學，
且通用於實體課程與線上課程的教材。編寫時，採用簡單、清楚明瞭的版面、句型
模組式教學、再配合每一課的對話文以及練習題，無論是「實體一對一家教課程」
還是「實體班級課程」，又或是「線上同步一對一、一對多課程」，或「線上非同
步預錄課程（如上傳影音平台等）」，都非常容易使用（※ 註：上述透過網路教學時不需
取得授權。唯使用本教材製作針對非特定多數、且含有營利行為之非同步課程時，需事先向敝社取得
授權）。

　　此外，本教材還備有以中文編寫的教師手冊可供選購，無論是新手老師還是第
一次使用本教材的老師，都可以輕鬆地上手。最後，也期待使用本書的學生，能夠
在輕鬆、無壓力的課堂環境上，全方位快樂學習，穩紮穩打地打好日語基礎！

想閱文化編輯部

穏紮穏打日本語 初級 1

本書說明

1. 教材構成

「穩紮穩打日本語」系列，分為「初級」、「進階」、「中級」三個等級。每個等級由 4 冊構成，每冊 6 課、每課 4 個句型。但不包含平假名、片假名等發音部分的指導。完成「初級 1」至「初級 4」課程，約莫等同於日本語能力試驗 N5 程度。另，初級篇備有一本教師手冊與解答合集。

2. 每課內容

- 學習重點：提示本課將學習的 4 個句型。
- 單字　　：除了列出本課將學習的單字及中譯以外，也標上了詞性以及高低重音。

　　　　　此外，也會提出各課學習的慣用句。

　　　　　「サ」則代表可作為「する」動詞的名詞。

- 句型　　：每課學習「句型 1」～「句型 4」，除了列出說明外，亦會舉出例句。

　　　　　每個句型還附有「練習 A」以及「練習 B」兩種練習。

　　　　　練習 A、B 會視各個句型的需求，增加或刪減。

- 本文　　：此為與本課學習的句型相關聯的對話或文章。

　　　　　左頁為本文，右頁為翻譯，可方便對照。

- 隨堂測驗：針對每課學習的練習題。分成「填空題」、「選擇題」與「翻譯題」。

　　　　　「翻譯題」前三題為「日譯中」、後三題為「中譯日」。

- 綜合練習：綜合本冊 6 課當中所習得的文法，做全方位的複習測驗。

　　　　　「填空題」約 25 ～ 28 題；「選擇題」約 15 ～ 18 題。

3. 周邊教材

「目白 JFL 教育研究會」將會不定期製作周邊教材提供下載，請逕自前往查詢：

http://www.tin.twmail.net/

1

私(わたし)は 佐藤(さとう)です。

1 ～は ～です／では ありません。

2 ～は ～ですか。

3 ～は 誰(だれ)ですか。

4 ～は Ａですか、 Ｂですか。

<ruby>私<rt>わたし</rt></ruby>（名/0）	我	<ruby>社長<rt>しゃちょう</rt></ruby>（名/0）	社長
あなた（名/2）	你	<ruby>社員<rt>しゃいん</rt></ruby>（名/1）	員工、職員
<ruby>彼<rt>かれ</rt></ruby>（名/1）	他（男性）	<ruby>部長<rt>ぶちょう</rt></ruby>（名/0）	部長
<ruby>彼女<rt>かのじょ</rt></ruby>（名/1）	她（女性）	<ruby>課長<rt>かちょう</rt></ruby>（名/0）	課長
<ruby>あの人<rt>ひと</rt></ruby>（名/2）	那個人		
		<ruby>恋人<rt>こいびと</rt></ruby>（名/0）	情人、男女朋友
<ruby>学生<rt>がくせい</rt></ruby>（名/0）	學生	<ruby>誰<rt>だれ</rt></ruby>（名/1）	誰
<ruby>大学生<rt>だいがくせい</rt></ruby>（名/3）	大學生		
<ruby>会社員<rt>かいしゃいん</rt></ruby>（名/3）	上班族、公司職員	<ruby>明日<rt>あした</rt></ruby>（名/0）	明天
<ruby>銀行員<rt>ぎんこういん</rt></ruby>（名/3）	銀行員	<ruby>土曜日<rt>どようび</rt></ruby>（名/2）	星期六
<ruby>医者<rt>いしゃ</rt></ruby>（名/0）	醫生	<ruby>日曜日<rt>にちようび</rt></ruby>（名/3）	星期天
<ruby>先生<rt>せんせい</rt></ruby>（名/3）	老師		

日本人（名/4）	日本人	※以下為本書虛構的機構：	
台湾人（名/5）	台灣人	イロハ大学（名/4）	伊呂波大學
香港人（名/3）	香港人	ヒフミ日本語学校（名/7）	一二三日本語學校
中国人（名/4）	中國人		
韓国人（名/4）	韓國人	ワタナベ商事（名/5）	渡邊商事
外国人（名/4）	外國人	目白銀行（名/4）	目白銀行
アメリカ人（名/4）	美國人	初めまして	初次見面
フランス人（名/4）	法國人	どうぞ よろしくお願いします。	請多多指教。
イギリス人（名/4）	英國人	こちらこそ	彼此彼此
		はい、そうです。	是，是的。
		いいえ、違います。	不，不是。

～は　です／では　ありません。

本句型是日文中最基本的句型。「は」為助詞,功能為「提示句子的主題」。「～です」部分,則為敘述的內容。可用於表達自己的姓氏、職業或者身份等。

主題部分除了可以是第一人稱「私」(我)以外,亦可為第三人稱。若要表達否定,僅須將「です」改為「では　ありません」即可。

例句

・私は　佐藤です。（敝姓佐藤。）

・私は　会社員です。（我是公司員工。）

・私は　日本人です。（我是日本人。）

・私は　中国人では　ありません。（我不是中國人。）

・山田さんは　学生です。（山田小姐是學生。）

・鈴木さんは　会社員では　ありません。　学生です。

（鈴木先生不是公司職員。他是學生。）

1. 私は　ジャック　です。
　　　大学生
　　　アメリカ人

2. あの人は　加藤さん　です。
　　　　　　銀行員
　　　　　　日本人

3. 佐藤さん　は　学生　では　ありません。
　　あの人
　　彼

1. 例：私・医者　→　私は　医者です。
　　① 私・高橋　→
　　② 彼・大学生　→
　　③ あの人・外国人　→

2. 例：渡辺さん・先生　→　渡辺さんは　先生では　ありません。
　　① 彼女・学生　→
　　② 朴さん・中国人　→
　　③ 私・中村　→

～は　～ですか。

　　本句型是「句型 1」改為疑問的講法。疑問句，僅需要在句尾的「です」後方加上「か」即可。回答時，以「はい、（そうです）」代表肯定，「いいえ、（違います／そうでは　ありません）」代表否定。日文正式的書寫上不使用「？」問號，即便是疑問句，也是以「。」句號結束。

例句

・A：山田さんは　学生ですか。（山田小姐是學生嗎？）
　B：はい、　山田さんは　学生です。（是的，山田小姐是學生。）

・A：佐藤さんは　学生ですか。（佐藤先生是學生嗎？）
　B：いいえ、　佐藤さんは　学生では　ありません。（不，佐藤先生不是學生。）

・A：（あなたは）　会社員ですか。（你是上班族嗎？）
　B：いいえ、　（私は）　会社員では　ありません。　学生です。
　　（不，我不是上班族。我是學生。）

・A：（あなたは）　中村さんですか。（你是中村嗎？）
　B：いいえ、　（私は）　中村さんでは　ありません。　田村です。
　　（不，我不是中村先生。我是田村。）

1. A：（あなたは）　銀行員　ですか。　　B：はい、　そうです。
　　　　　　　　　　加藤さん
　　　　　　　　　　日本人

2. A：あの人は　渡辺さん　ですか。　　B：いいえ、　違います。
　　　　　　　　社長
　　　　　　　　外国人

1. 例：ジャックさん・外国人
　　　→　A：ジャックさんは　外国人ですか。
　　　　　B：はい、　（ジャックさんは）　外国人です。
　　　例：田村さん・部長　→　A：田村さんは　部長ですか。
　　　　　　　　　　　　　　　　B：いいえ、（田村さんは）部長では　ありません。
　　① あの人・高橋さん　→　はい、
　　② 高橋さん・大学生　→　いいえ、
　　③（あなた）・日本人　→　いいえ、

2. 例：鈴木さん・銀行員／学生　→　A：鈴木さんは　銀行員ですか。
　　　　　　　　　　　　　　　　　　B：いいえ、　違います。
　　　　　　　　　　　　　　　　　（鈴木さんは）　学生です。

　　① 田中さん・大学生／先生　→
　　② あの人・社長／部長　→
　　③（あなた）・王さん／陳　→

～は 誰(だれ)ですか。

本句型學習使用疑問詞「誰」來問話。不同於「句型2」的問句必須以「はい」或「いいえ」回答，「句型3」這種類型的疑問句，回答時只需直接講出答案即可。

欲表達兩者之間關係（山田(やまだ)さんの 恋人(こいびと)）以及所屬機構（ワタナベ商事(しょうじ)の 社員(しゃいん)）時，使用「～の」來做連接。

表達相同事物則是將助詞「は」改為助詞「も」。

若是將疑問詞置於句首，則須將將助詞「は」改為助詞「が」。

例句

・A：あの人(ひと)は 誰(だれ)ですか。（那個人是誰呢？）
　B：（あの人(ひと)は） 小林(こばやし)さんです。（那個人是小林小姐。）

・A：あの人(ひと)は 誰(だれ)ですか。（那個人是誰呢？）
　B：（あの人(ひと)は） ワタナベ商事(しょうじ)の 社員(しゃいん)です。（那個人是渡邊商事的社員。）

・A：鈴木(すずき)さんは 誰(だれ)ですか。（鈴木先生是誰呢？）
　B：（鈴木(すずき)さんは） 山田(やまだ)さんの 恋人(こいびと)です。（鈴木先生是山田小姐的情人。）

・A：誰(だれ)が 山田(やまだ)さんですか。（誰才是山田小姐呢？）
　B：あの人(ひと)が 山田(やまだ)さんです。（那個人正是山田小姐。）

・A：誰(だれ)が ワタナベ商事(しょうじ)の 社長(しゃちょう)ですか。（誰才是渡邊商事的社長？）
　B：あの人(ひと)が ワタナベ商事(しょうじ)の 社長(しゃちょう)です。（那個人正是渡邊商事的社長。）

・私(わたし)は 日本人(にほんじん)です。 山田(やまだ)さんも 日本人(にほんじん)です。（我是日本人。山田小姐也是日本人。）

1. A：あの人は　誰ですか。
   B：渡辺さん です。　ワタナベ商事の　社長 です。
   　　林さん　　　　　　私の　恋人
   　　ルイさん　　　　　イロハ大学の　学生

2. A：誰が　鈴木さん　　　　　ですか。B：あの人　が　鈴木さん　　　　　です。
   　　　　イロハ大学の　先生　　　　　　　高橋さん　　イロハ大学の　先生
   　　　　陳さん　　　　　　　　　　　　　私　　　　　陳

3. 私　　は　イロハ大学の　学生　です。
   小林さん　　ワタナベ商事の　社員
   あの人　　　台湾人

   鈴木さん も　イロハ大学の　学生　です。
   佐藤さん　　　ワタナベ商事の　社員
   私　　　　　　台湾人

1. 例：ジャックさん・アメリカ人
   → A：あの人は　誰ですか。
   　　B：ジャックさんです。　アメリカ人です。
   ① 鈴木さん・大学生
   ② 王さん・中国人
   ③ 小林さん・ワタナベ商事の　社員

～は　Ａですか、　Ｂですか。

本句型學習「在問句中提出兩個選項，讓聽話者選擇其一」的問話方式。意思是「是Ａ，還是Ｂ？」。答覆時，不使用「はい」或「いいえ」回答，直接說出正確選項即可。

例句

・Ａ：山田_{やまだ}さんは　学生_{がくせい}ですか、　会社員_{かいしゃいん}ですか。

　　（山田先生是學生，還是上班族？）

　Ｂ：（山田_{やまだ}さんは）　学生_{がくせい}です。（山田先生是學生。）

・Ａ：明日_{あした}は　土曜日_{どようび}ですか、　日曜日_{にちようび}ですか。（明天是星期六還是星期天？）

　Ｂ：（明日_{あした}は）　日曜日_{にちようび}です。（明天是星期天。）

・Ａ：高橋_{たかはし}さんは　イロハ大学_{だいがく}の　先生_{せんせい}ですか、

　　ヒフミ日本語学校_{にほんごがっこう}の　先生_{せんせい}ですか。

　　（高橋小姐是伊呂波大學的老師呢？還是一二三日本語學校的老師呢？）

　Ｂ：（高橋_{たかはし}さんは）　イロハ大学_{だいがく}の　先生_{せんせい}です。

　　（高橋小姐是伊呂波大學的老師。）

1. A：ルイさん　　は　　アメリカ人 ですか。　　フランス人 ですか。
　　　中村さん　　　　　会社員　　　　　　　　銀行員
　　　（あなたは）　　　学生　　　　　　　　　先生

　　B：ルイさん　　は　　フランス人 です。
　　　中村さん　　　　　会社員
　　　（私は）　　　　　学生

1.　例：伊藤さん・部長／課長（部長）
　　→　A：伊藤さんは　部長ですか。　課長ですか。
　　　　B：（伊藤さんは）　部長です。
　①　朴さん・中国人／韓国人（韓国人）
　②　山本さん・医者／銀行員（医者）
　③　林さん・陳さんの　恋人／王さんの　恋人（陳さんの　恋人）

17

（陳先生、林小姐、佐藤先生，為 Share House 的室友，三人在對話）

陳　：初めまして、　（私は）　陳です。　台湾人です。

彼女は　林です。　私の　恋人です。

どうぞ　よろしく　お願いします。

佐藤：初めまして、　佐藤です。　こちらこそ

よろしく　お願いします。

佐藤：林さん、　林さんも　台湾人ですか。

林　：いいえ、　私は　台湾人では　ありません。

香港人です。

佐藤：陳さんは　学生ですか。　会社員ですか。

陳　：（私は）　学生です。

佐藤：イロハ大学の　学生ですか。

陳　：はい、　（私は）　イロハ大学の　学生です。

佐藤：林さんも　イロハ大学の　学生ですか。

林　：いいえ、　私は　ヒフミ日本語学校の　学生です。

陳　　：初次見面，敝姓陳。我是台灣人。

　　　　她姓林。　是我的女朋友。

　　　　請多多指教。

佐藤：初次見面，我是佐藤。　彼此彼此，請多指教。

佐藤：林小姐，妳也是台灣人嗎？

林　　：不，我不是台灣人。我是香港人。

佐藤：陳先生，你是學生呢？還是公司職員呢？

陳　　：我是學生。

佐藤：伊呂波大學的學生嗎？

陳　　：是的，我是伊呂波大學的學生。

佐藤：林小姐也是伊呂波大學的學生嗎？

林　　：不，我是一二三日本語學校的學生。

隨堂測驗

填空題

1. 私（　　　）　田中です。

2. あの人は　日本人（　　　）　ありません。

3. A：鈴木さんは　学生（　　　　　）。　B：はい、　そうです。

4. ルイさんは　フランス人（　　　　　）、　アメリカ人（　　　　　）。

5. 私は　高橋です。　イロハ大学（　　　）　先生です。

6. ジャックさんは　外国人です。　ダニエルさん（　　　）　外国人です。

7. A：王さんは　中国人です。　陳さんも　中国人ですか。

   B：（　　　　　）、　違います。

8. A：誰（　　　）　陳さんですか。　B：あの人（　　　）　陳さんです。

選擇題

1. 陳さんは　留学生です。　林さん（　）　留学生です。

   1　は　　　　　　　　2　が　　　　　　　3　も　　　　　　　4　か

2. A：伊藤さんは　会社の　社長ですか。　B：いいえ、　伊藤さんは　（　）。
   1　社長です　　　　　　　　　　　　2　社長では　ありません
   3　部長でした　　　　　　　　　　　4　部長では　ありません

3. A：ルイさんは　フランス人ですか、　（　）。　B：フランス人です。
   1　イギリス人ですか　　　　　　　　2　フランス人ですか
   3　フランス人です　　　　　　　　　4　イギリス人です

4. 私は　イロハ学校の　学生です。　林さん（　）　ヒフミ学校の　学生です。

　　1　も　　　　　　2　は　　　　　　3　の　　　　　　4　か

5. A：（　）が　ヒフミ日本語学校の　先生ですか。

　　B：あの人が　ヒフミ日本語学校の　先生です。

　　1　田中さん　　　2　田中　　　　3　誰　　　　　4　私

6. 誰が　社長ですか。　あの人（　）　社長です。

　　1　は　　　　　　2　も　　　　　　3　が　　　　　　4　か

翻譯題

1. 中村さんは　部長ですか、　課長ですか。

2. 私は　イロハ大学の　学生です。　ルイさんも　イロハ大学の　学生です。

3. A：あなたは　医者ですか。　B：いいえ、　違います。　銀行員です。

4. 我不是學生。我是公司員工。

5. A：田中先生是一二三日本語學校的老師嗎？　B：是，是的。

6. 誰＜オ＞是陳先生的情人呢？

Memo

2

これは　本<ruby>ほん</ruby>です。

單字

これ（名 /0）	這個（己方處）	**車**（名 /0）くるま	車子
それ（名 /0）	那個（對方處）	**傘**（名 /1）かさ	雨傘
あれ（名 /0）	那個（兩者外）	**かばん**（名 /0）	皮包、包包
どれ（疑 /1）	哪個	**財布**（名 /0）さいふ	皮夾、錢包
		お茶（名 /0）ちゃ	茶
この〜（連 /0）	這個〜（己方處）		
その〜（連 /0）	那個〜（對方處）	**ノート**（名 /1）	筆記本
あの〜（連 /0）	那個〜（兩者外）	**カメラ**（名 /1）	照相機
どの〜（連 /1）	哪個〜	**ボールペン**（名 /0）	原子筆
		スマホ（名 /0）	智慧型手機
なん（疑 /1）	什麼	**パソコン**（名 /0）	個人電腦
本（名 /1）ほん	書籍、書		
雑誌（名 /0）ざっし	雜誌	**タブレット**（名 /1）	平板電腦
辞書（名 /1）じしょ	字典	**コーヒー**（名 /3）	咖啡
鉛筆（名 /0）えんぴつ	鉛筆	**ワイン**（名 /1）	酒、紅酒
時計（名 /0）とけい	時鐘、手錶		

イタリア（名 /0）	義大利
スイス（名 /1）	瑞士
エルメス（名 /1）	愛馬仕（品牌）
へえ（感 /1）	是喔！（感嘆）
じゃあ（接 /1）	那麼

これ／それ／あれ

　　「これ」、「それ」、「あれ」為指示詞，用來指示「物品」。距離說話者近的物品，就使用「これ」；距離聽話者近的物品，就使用「それ」；若物品在聽話者與說話者兩者之外的，就使用「あれ」。

　　欲表某人所擁有、或某品牌、某國家生產的物品，則使用「～の」來表達。

例句

・これは　辞書<ruby>じしょ</ruby>です。（這是字典。）

・それは　かばんです。（那是包包。）

・あれは　ノートです。（那是筆記本。）

・A：**これ**は　辞書<ruby>じしょ</ruby>ですか。（這是字典嗎？）

　B：はい、　**それ**は　辞書<ruby>じしょ</ruby>です。（是的，那是字典。）

・A：**それ**は　あなたの　本<ruby>ほん</ruby>ですか。（那是你的書嗎？）

　B：いいえ、　**これ**は　私<ruby>わたし</ruby>の　本<ruby>ほん</ruby>では　ありません。

　（**これ**は）　鈴木<ruby>すずき</ruby>さんの　本<ruby>ほん</ruby>です。（不，這不是我的書。這是鈴木先生的書。）

1. これは　車の　雑誌　です。
　　　　　イタリアの　ワイン
　　　　　エルメスの　かばん

2. それは　鉛筆　ですか、　ボールペン　ですか。
　　　　　鈴木さんの　傘　　山田さんの　傘
　　　　　コーヒー　　　　　お茶

3. これ　は　私　のです。
　　それ　　ルイさん
　　あれ　　先生

1. 例：辞書（はい）　→　A：これは　あなたの　辞書ですか。
　　　　　　　　　　　　B：はい、　そうです。　それは　私の　辞書です。
　　例：かばん（いいえ）　→　A：これは　あなたの　かばんですか。
　　　　　　　　　　　　　　B：いいえ、　違います。
　　　　　　　　　　　　　　　それは　私の　かばんでは　ありません。

① 雑誌（はい）　　→
② 時計（いいえ）　→
③ スマホ（はい）　→

「なん」＆「どれ」

　　當欲詢問「某物品是什麼、物品名稱」時，使用「何<ruby>なん</ruby>」詢問；若是想要求聽話者從一堆物品中，選出正確的物品時，則使用「どれ」詢問。

　　請注意！若換一種問話方式，將疑問詞「どれ」置於句首，則必須要將助詞「は」改為助詞「が」。此種問話方式，其回答句也必須使用「が」來回答。

例句

・A：それは　何<ruby>なん</ruby>ですか。（那是什麼？）

　B：（これは）　スマホです。（＜這是＞智慧型手機。）

・A：あれは　何<ruby>なん</ruby>ですか。（那是什麼？）

　B：（あれは）　タブレットです。（＜那是＞平板電腦。）

・A：あなたの　スマホは　**どれ**ですか。（你的智慧型手機是哪個？）

　B：（私<ruby>わたし</ruby>の　スマホは）　**これ**です。（我的智慧型手機是這個。）

　　　　　　　　　　　　　　　それです。（我的智慧型手機是那個。）

　　　　　　　　　　　　　　　あれです。（我的智慧型手機是那個。）

・A：**どれが**　あなたの　本<ruby>ほん</ruby>ですか。（哪本是你的書呢？）

　B：**これが**　私<ruby>わたし</ruby>の　本<ruby>ほん</ruby>です。（這本是我的書。）

1. A：あれは　何^{なん}ですか。　　B：辞書^{じしょ}　です。
　　　　　　　　　　　　　　ノート
　　　　　　　　　　　　　　雑誌^{ざっし}

2. A：それは　何の^{なん}　雑誌^{ざっし} ですか。　　B：車の^{くるま}　雑誌^{ざっし} です。
　　　　　　　何の^{なん}　本^{ほん}　　　　　　　　数学の^{すうがく}　本^{ほん}

3. A：これは　誰の^{だれ}　財布^{さいふ} ですか。　　B：陳さんの^{チン}　財布^{さいふ} です。
　　　　　　　誰の^{だれ}　傘^{かさ}　　　　　　　　高橋先生の^{たかはしせんせい}　傘^{かさ}

4. A：高橋先生の^{たかはしせんせい}　傘^{かさ}　　は　どれですか。　　B：あれです。

　　　ルイさんの　かばん
　　　林さんの^{リン}　スマホ

1. 例^{れい}：ルイさん・鉛筆^{えんぴつ}（これ）　→　A：どれが　ルイさんの　鉛筆^{えんぴつ}ですか。
　　　　　　　　　　　　　　　　　　　　　　　B：これです。
　　　　　　　　　　　　　　　　　　　　　　　　これが　ルイさんの　鉛筆^{えんぴつ}です。

　　① 小林さん^{こばやし}・かばん（あれ）
　　② 佐藤さん^{さとう}・財布^{さいふ}（それ）
　　③ 田中先生^{たなかせんせい}・傘^{かさ}（これ）

この〜／その〜／あの〜／どの〜

　　「この〜」「その〜」「あの〜」所指示的範圍，跟「句型 1」的「これ／それ／あれ」是一樣的。唯一的不同點就是它的後面一定要加名詞，不可以直接加上「は」。

　　當使用「この〜／その〜／あの〜」說話時，由於「〜」的部分已經將名詞講了出來，因此敘述部分可以省略掉重複的名詞。

　　若將疑問詞「どの〜」置於句首，則必須將名詞後方的助詞「は」改為「が」。

例句

・この　本は　私の　奉です。（這本書是我的書。）

・その　スマホは　鈴木さんの　です。（那個智慧型手機是鈴木先生的。）

・あの　かばんは　エルメスの　です。（那個包包是愛馬仕製作的包包。）

・この　本は　私の　です。　その　本も　私の　です。

　（這本書是我的。那本書也是我的。）

・A：この　本は　誰の　ですか。（這本書是誰的呢？）
　B：その　本は　私の　です。（那本書是我的。）

・A：どの　本が　あなたの　ですか。（哪本書是你的呢？）
　B：この　本が　私の　です。（這本書是我的。）

1. その 辞書 は　ルイさんの　です。
　　　かばん
　　　スマホ

2. A：どの 辞書 が　ルイさんの　ですか。
　　　　　かばん
　　　　　スマホ

　　B：その 辞書 が　ルイさんの　です。
　　　　　かばん
　　　　　スマホ

1.　例：パソコン・陳さん（はい）　→　A：この　パソコンは　陳さんの　ですか。
　　　　　　　　　　　　　　　　　　　　B：はい、　そうです。　陳さんの　です。
　　　例：スマホ・林さん（いいえ）　→　A：この　スマホは　林さんの　ですか。
　　　　　　　　　　　　　　　　　　　　B：いいえ、　違います。
　　　　　　　　　　　　　　　　　　　　　　林さんの　では　ありません。

　　① ボールペン・山田さん（はい）
　　② 日本語の　辞書・王さん（いいえ）
　　③ エルメスの　かばん・ルイさん（はい）

～では　なくて、～

　　若要表達「不是Ａ，而是Ｂ」，則除了可以分成兩句話表達以外，亦可使用「Ａでは　なくて、　Ｂです」的形式表達。

例句

・渡辺さんは　社員では　ありません。　社長です。

（渡邊先生不是員工。是社長。）

⇒渡辺さんは　社員では　なくて、　社長です。

（渡邊先生不是員工，而是社長。）

・私は　中国人では　なくて、　台湾人です。

（我不是中國人，而是台灣人。）

・これは　カメラでは　なくて、　スマホです。

（這不是照相機，而是智慧型手機。）

・田中先生は　イロハ大学の　先生では　なくて、　ヒフミ日本語学校の　先生です。

（田中老師不是伊呂波大學的老師，而是一二三日本語學校的老師。）

・これは　フランスの　ワインでは　なくて、　イタリアの　です。

（這不是法國產的酒，而是義大利產的。）

1. 山本さん は　銀行員　では　なくて、　医者　です。
　　ルイさん　　　アメリカ人　　　　　　　　フランス人
　　伊藤さん　　　課長　　　　　　　　　　　部長

2. これは　ボールペン では　なくて、　鉛筆 です。
　　　　　コーヒー　　　　　　　　　　お茶
　　　　　「シ」　　　　　　　　　　　「ツ」

3. この　ノート は　私の　では　なくて、　ダニエルさん の　です。
　　　　かばん　　　　　　　　　　　　　林さん
　　　　傘　　　　　　　　　　　　　　高橋先生

1.　例：鈴木さん・銀行員／学生
　　→　A：鈴木さんは　銀行員ですか。
　　　　B：いいえ、　違います。
　　　　　　鈴木さんは　銀行員では　なくて、　学生です。
　　① あの人・大学生／高校生　→
　　② 山本さん・ワタナベ商事の　社員／山本医院の　医者　→
　　③ （あなた）・王さん／陳　→

33

（陳先生、林小姐、佐藤先生，為 Share House 的室友，三人在對話）

佐藤：林さん、　それは　何ですか。

林　：これ？　これは　スマホです。

佐藤：へえ、　中国の　スマホですか。

林　：いいえ、　アメリカの　です。

佐藤：そのかばんも　アメリカの　ですか。

林　：いいえ、　このかばんは　アメリカの　では　なくて、

　　　フランスの　です。

佐藤：あれも　林さんの　かばんですか。

陳　：はい、　あれも　林さんの　かばんです。

佐藤：じゃあ、　どれが　陳さんの　かばんですか。

陳　：これが　私の　かばんです。

佐藤：陳さんの　かばんも　フランスの　ですか。

陳　：いいえ、　私のは　イタリアの　です。

34

佐藤：林小姐，那是什麼呢？

林　：這個？這是智慧型手機。

佐藤：是喔，是中國製的智慧型手機嗎？

林　：不是，是美國製的。

佐藤：那個包包也是美國製的嗎？

林　：不，這個包包不是美國製的，是法國製的。

佐藤：那個也是林小姐的包包嗎？

陳　：是的，那個也是林小姐的包包。

佐藤：那麼，哪個才是陳先生你的包包呢？

陳　：這個就（才）是我的包包。

佐藤：陳先生的包包也是法國製的嗎？

陳　：不，我的是義大利製的。

填空題

1. A：それは　（　　　　）ですか。　B：これは　辞書です。

2. A：それは　（　　　　）ですか。　B：はい、　これは　辞書です。

3. A：先生の　傘は　（　　　　）ですか。　B：これです。

4. A：先生の　傘は　（　　　　）ですか。　B：はい、　これです。

5. どれ（　　　）　山田さんの　かばんですか。

6. （　　　）かばんが　山田さんの　ですか。

7. これは　本では（　　　　）、　ノートです。

8. この　ノートは　私（　　　　）では　なくて、　林さんの　です。

選擇題

1. A：あれは　（　）ですか。　スマホです。
   1　どれ　　　　　　　2　なん　　　　　3　だれ　　　　　4　どの

2. （　）かばんは、　私の　では　なくて、　林さんの　です。
   1　どれ　　　　　　　2　どの　　　　　3　あれ　　　　　4　あの

3. （　）時計は　（　）です。
   1　この／スイス　　　　　　　　　　2　この／スイスの
   3　これ／スイス　　　　　　　　　　4　これ／スイスの

4. A：これは　あなたの　本ですか。　B：（　）。

1　それは　私の　本です
2　本は　それです。
3　はい、　それは　私の　本です
4　はい、　あなたの　本です

5. A：どれが　高橋先生の　傘ですか。　B：（　）。
1　あれが　高橋先生の　傘です
2　傘が　高橋先生です
3　あれは　高橋先生の　傘です
4　傘は　高橋先生のです

6. A：あなたの　時計は　どれですか。　B：（　）。
1　私の　時計は　これです
2　これは　私の　時計です
3　時計は　これです
4　これは　時計です

翻譯題

1. あなたの　かばんは　どれですか。

2. これは　田中先生の　辞書ですか。

3. この　ノートは　私のでは　なくて、　ルイさんのです。

4. A：這是鉛筆嗎？　B：不，不是。那是原子筆。

5. 我不是學生，而是上班族。

6. A：哪個才是你的筆記本呢？　B：那個才是我的筆記本。

Memo

3

ここは 食堂です。

1. ここ／そこ／あそこ／どこ

2. 〜は　ここ／そこ／あそこです。

3. こちら／そちら／あちら／どちら

4. 「どれ」＆「どちら」

ここ (代/0)	這裡	会議室 (名/3) <small>かいぎしつ</small>	會議室
そこ (代/0)	那裡	管理室 (名/3) <small>かんりしつ</small>	管理室
あそこ (代/0)	那裡	事務室 (名/2) <small>じむしつ</small>	辦公室
どこ (疑/1)	哪裡？	研究室 (名/3) <small>けんきゅうしつ</small>	研究室
		図書室 (名/2) <small>としょしつ</small>	圖書室
こちら (代/0)	這邊		
そちら (代/0)	那邊	学校 (名/0) <small>がっこう</small>	學校
あちら (代/0)	那邊	銀行 (名/0) <small>ぎんこう</small>	銀行
どちら (疑/1)	哪邊？	郵便局 (名/3) <small>ゆうびんきょく</small>	郵局
		駅 (名/1) <small>えき</small>	車站
教室 (名/0) <small>きょうしつ</small>	教室	売り場 (名/0) <small>うば</small>	賣場
食堂 (名/0) <small>しょくどう</small>	日式食堂、餐廳		
		名前 (名/0) <small>なまえ</small>	姓氏、名稱
受付 (名/0) <small>うけつけ</small>	櫃檯、傳達室	教科書 (名/3) <small>きょうかしょ</small>	教科書
階段 (名/0) <small>かいだん</small>	樓梯	眼鏡 (名/1) <small>めがね</small>	眼鏡
部屋 (名/2) <small>へや</small>	房間	机 (名/0) <small>つくえ</small>	桌子、書桌
お手洗い (名/3) <small>てあら</small>	洗手間、廁所		

<ruby>上<rt>うえ</rt></ruby>（名/0）	上面
<ruby>下<rt>した</rt></ruby>（名/0）	下面
レストラン（名/1）	西式餐廳
トイレ（名/1）	廁所、洗手間
ビル（名/1）	大樓
〜<ruby>階<rt>かい/がい</rt></ruby>	〜樓
ありがとう ございます。	謝謝。
すみません。	不好意思、 抱歉

句型一

ここ／そこ／あそこ／どこ

　　「ここ／そこ／あそこ」為指示場所的指示詞。用法上可分成：1. 兩個人所處的位置不在一起，而是分開的「對立型」，以及 2. 兩個人站在一起的「融合型」兩種。

　　詢問場所的疑問詞為「どこ」（哪裡）。若將疑問詞「どこ」置於句首，則必須將助詞「は」改為助詞「が」。回答句也是需要使用「が」來回答。

例 句

1. 對立型（領域範圍不同）

　　「ここ」　是指說話者所在的場所
　　「そこ」　是指聽話者所在的場所
　　「あそこ」是指兩人以外的場所

・ここは　会議室<small>かいぎしつ</small>です。（這裡是會議室。）

・そこは　トイレです。（你那裡是廁所嗎。）

・あそこは　何<small>なん</small>ですか。（<遠處>那裡是什麼？）

2. 融合型（領域範圍相同）

　　「ここ」　站在一起時，兩人所在的地方
　　「そこ」　站在一起時，離兩人非近非遠之處
　　「あそこ」站在一起時，離兩人距離遠處

・ここは　管理室<small>かんりしつ</small>です。（這裡是管理室。）

・そこは　食堂<small>しょくどう</small>です。（那裡是食堂。）

・あそこは　あなたの　部屋<small>へや</small>ですか。（<遠處>那裡是你的房間嗎。）

1. 【對立型】

A：そこ　は　教室　ですか。　　B：はい、　ここ　は　教室　です。
　　ここ　　　お手洗い　　　　　　　　　　そこ　　　お手洗い
　　あそこ　　会議室　　　　　　　　　　　あそこ　　会議室

2. 【融合型】

A：ここ　は　食堂　ですか。　　B：はい、　ここ　は　食堂　です。
　　そこ　　　トイレ　　　　　　　　　　　そこ　　　トイレ
　　あそこ　　事務室　　　　　　　　　　　あそこ　　事務室

練習B

1. 例：ここ・郵便局　→　A：ここは　何ですか。
　　　　　　　　　　　　　　B：ここは　郵便局です。

　　① そこ・銀行
　　② あそこ・学校
　　③ ここ・駅

2. 例：郵便局・あそこ　→　A：どこが　郵便局ですか。
　　　　　　　　　　　　　　　B：あそこが　郵便局です。

　　① 駅・そこ
　　② 陳さんの　学校・あそこ
　　③ 銀行・ここ

～は　ここ／そこ／あそこです。

　　當欲詢問特定的「人」、「物品」或是「場所」所在的位置時，可將「人」、「物品」或是「場所」擺在「は」的前方當作是主題，並使用疑問詞「どこ」（哪裏）來詢問其位在何方。回答時，可以使用指示詞「ここ／そこ／あそこ」直接指出所在的場所，亦可直接講出所在的位置。

例句

・A：鈴木さんは　どこですか。（鈴木先生在哪裡呢？）

　B：（鈴木さんは）　あそこです。（鈴木先生在那裡。）

　　（鈴木さんは）　教室です。（鈴木先生在教室。）

・A：私の　眼鏡は　どこですか。（我的眼鏡在哪裡？）

　B：（あなたの　眼鏡は）　ここです。（你的眼鏡在這裡。）

　　（あなたの　眼鏡は）　机の　上です。（你的眼鏡在桌子上面。）

・A：郵便局は　どこですか。（郵局在哪裡呢？）

　B：（郵便局は）　そこです。（郵局在那裡。）

　　（郵便局は）　この　ビルの　２階です。（郵局在這棟大樓的二樓。）

1. A：トイレは　どこですか。　　B：（トイレは）　そこ　です。
　　　　　　　　　　　　　　　　　　　　　　　　　あそこ
　　　　　　　　　　　　　　　　　　　　　　　　　2階

2. A：山田さんは　教室ですか。　　B：いいえ、　山田さんは　事務室 です。
　　　　　　　　　　　　　　　　　　　　　　　　　　　　　　　食堂

　　　　　　　　　　　　　　　　　　　　　　　　　　　　　　　あそこ

1. 例：教室・2階　→　A：すみません。　教室は　どこですか。
　　　　　　　　　　　　B：2階です。
　　　　　　　　　　　　A：ありがとう　ございます。
　　① 受付・1階
　　② ルイさん・高橋先生の　研究室
　　③ 陳さんの　かばん・　机の　下

2. 例：日本語の　教室・2階
　　　　→　A：すみません。　日本語の　教室は　ここですか。
　　　　　　B：いいえ、　違います。　2階です。
　　① 高橋先生の　研究室・3 階
　　② ルイさんの　部屋・あそこ
　　③ 学生の　食堂・地下1階

こちら／そちら／あちら／どちら

「こちら／そちら／あちら」為「句型1」的「ここ／そこ／あそこ」之禮貌講法。用法與指示方式與「句型1」相同。

「こちら」除了可用來指示「場所」以外，亦可用於有禮貌地來「介紹」某人物，意思等同於第1課學習過的「この人」或是「この方」。

例句

- こちらは　受付です。（這裡是服務處／櫃檯）

- そちらは　時計の　売り場です。（那裡是鐘錶賣場。）

- あちらは　レストランです。（那裡是餐廳。）

- 客　：受付は　どこ／どちらですか。（服務處／櫃檯在哪裡？）
  店員：受付は　あちらです。（服務處／櫃檯在那邊。）

- 学生：先生の　研究室は　どちらですか。（老師您的研究室在哪邊呢？）
  先生：私の　研究室は　あそこです。（我的研究室在那裡。）

- 学生Ａ：高橋先生の　研究室は　どこですか。（高橋老師的研究室在哪裡？）
  学生Ｂ：高橋先生の　研究室は　３階です。（高橋老師的研究室在三樓。）

- こちらは　ワタナベ商事の　佐藤さんです。
- この方は　ワタナベ商事の　佐藤さんです。
  （這位是渡邊商事的佐藤先生。）

1. 客：階段は　どこですか。　　店員：（階段は）　こちら　です。
　　　　　　　　　　　　　　　　　　　　　　　　　　　そちら
　　　　　　　　　　　　　　　　　　　　　　　　　　　あちら

2. A：陳さん　　　　　の　お国は　どちらですか。　　B：台湾　　　です。
　　　ダニエルさん　　　　　　　　　　　　　　　　　　イギリス
　　　朴さん　　　　　　　　　　　　　　　　　　　　　韓国

3. A：中村さんの　会社　は　どちらですか。　　B：ワタナベ商事　　　です。
　　　王さんの　　学校　　　　　　　　　　　　　ヒフミ日本語学校
　　　加藤さんの　会社　　　　　　　　　　　　　目白銀行

1.　例：陳・イロハ大学の　山田
　　　→　A　：陳さん、こちらは　イロハ大学の　山田さんです。
　　　　　陳　：初めまして、　陳です。　どうぞ　よろしく。
　　　　　山田：山田です。　どうぞ　よろしく　お願いします。
　　①鈴木・ヒフミ日本語学校の　王
　　②林・目白銀行の　加藤
　　③朴・ワタナベ商事の　小林

「どれ」 & 「どちら」

　　第 2 課學習了詢問物品時，使用疑問詞「どれ」、「どの～」。而本課所學習到的疑問詞「どちら」，除了用來指示方向、場所外，亦可用來詢問物品。

　　兩者的差異在於「どれ」、「どの～」是詢問聽話者從「三個以上眾多物品」當中挑選一個。而「どちら」則是詢問聽話者從「兩個物品」當中挑選一個。

　　若將疑問詞「どちら」置於句首，一樣必須要將助詞「は」改為助詞「が」。

例句

・あなたの　スマホは　どれですか。（你的手機是＜這一堆裡面的＞哪一個？）

・あなたの　スマホは　どちらですか。（你的手機是＜這兩隻當中的＞哪一個？）

・A：どれが　あなたの　本ですか。（＜這一堆書裡面＞哪本是你的書呢？）
　B：これが　私の　本です。（這本是我的書。）

・A：どの本が　あなたの　ですか。（＜這一堆書裡面＞哪本書是你的呢？）
　B：この本が　私の　です。（這本書是我的。）

・A：どちらが　あなたの　本ですか。（＜這兩本＞哪本是你的書呢？）
　B：これが　私の　本です。（這本是我的書。）

・A：コーヒーは　どちらですか。（＜桌上的兩杯飲料＞咖啡是哪一杯呢？）
　B：コーヒーは　こちらです。（咖啡是這一杯。）

	「こ」指示詞	「そ」指示詞	「あ」指示詞	「ど」疑問詞
物品	これ	それ	あれ	どれ（多選一） どちら（二選一）
物品	この名詞	その名詞	あの名詞	どの名詞
人	この人 この方 こちら	その人 その人	あの人 あの人	どの人／誰 どなた
場所	ここ	そこ	あそこ	どこ
方向 場所（禮貌）	こちら	そちら	あちら	どちら

（在イロハ大學，舊生為新生們介紹環境）

皆さん、　初めまして、　私は　朴です。　この　学校の　２年生です。　どうぞ、　こちらへ。　ここは　受付です。　そこは　先生の　研究室です。　あそこは　トイレです。　食堂は　地下１階です。

（小陳詢問學長朴先生問題）

陳：先輩、　日本語の　教室は　どこですか。

朴：日本語の　教室は　２階です。

陳：図書室も　２階ですか。

朴：いいえ、　違います。　図書室は　１０階です。

陳：先輩、　お名前は　何ですか。

朴：私の　名前は　朴です。

陳：お国は　どちらですか。

朴：私は　韓国人です。

お国<ruby>国<rt>くに</rt></ruby>は
どちらですか。

　　各位，初次見面，敝姓朴。我是這間學校二年級的學生。請過來這裡。這裡是櫃檯（詢問處）。那裡是老師的研究室。（更遠的）那裡是廁所。食堂在地下一樓。

陳：學長，日語教室在哪裡呢？
朴：日語教室在二樓。
陳：圖書室也在二樓嗎？
朴：不，不是。圖書室在十樓。

陳：學長，您貴姓。
朴：我姓朴。
陳：學長您是哪國人呢？
朴：我是韓國人。

填空題

1. A：あそこは　（　　　）ですか。　はい、　あそこは　食堂^{しょくどう}です。

2. A：あそこは　（　　　）ですか。　あそこは　食堂^{しょくどう}です。

3. A：どこが　先生^{せんせい}の　研究室^{けんきゅうしつ}ですか。

   B：あそこ（　　　）　先生^{せんせい}の　研究室^{けんきゅうしつ}です。

4. A：駅^{えき}（　　　）　どこですか。　B：駅^{えき}は　あの　ビルの　2階^{かい}です。

5. A：どこ（　　　）　駅^{えき}ですか。　B：あの　ビルの　2階^{かい}が　駅^{えき}です。

6. （　　　）が　あなたの　本^{ほん}ですか。（總共一堆書）

7. （　　　）が　あなたの　本^{ほん}ですか。（只有兩本書）

8. （　　　）は　ワタナベ商事^{しょうじ}の　渡辺^{わたなべ}さんです。

選擇題

1. （兩人站在一起）A：（　）は　何^{なん}ですか。　B：そこは　トイレです。

   　1　ここ　　　　　　2　そこ　　　　　　3　あそこ　　　　　4　どこ

2. すみません、　どこ（　）　高橋先生^{たかはしせんせい}の　研究室^{けんきゅうしつ}ですか。

   　1　は　　　　　　　2　が　　　　　　　3　か　　　　　　　4　の

3. すみません、　高橋先生^{たかはしせんせい}の　研究室^{けんきゅうしつ}（　）　どこですか。

   　1　は　　　　　　　2　が　　　　　　　3　か　　　　　　　4　の

4.（二選一）あなたの　教科書は　（　）ですか。

1　どこ　　　　　　2　どなた　　　　　3　どれ　　　　　　4　どちら

5.（多選一）あなたの　教科書は　（　）ですか。

1　どこ　　　　　　2　どなた　　　　　3　どれ　　　　　　4　どちら

6. 客：すみませんが、　エレベーターは　どこですか。　店員：（　）です。

1　それ　　　　　　2　その　　　　　　3　そちら　　　　　4　そう

翻譯題

1. ここは　ルイさんの　部屋です。

2. 学生の　食堂は、　このビルの　地下１階です。

3. どこが　会議室ですか。

4. 我的字典在哪裡？

5. 您的字典是哪本（二選一）。

6. 這位是目白銀行的加藤小姐。

Memo

4

今日は　暑いです。
きょう　　あつ

1. イ形容詞

2. ナ形容詞＆名詞

3. イ形容詞（過去）

4. ナ形容詞＆名詞（過去）

高い (イ/2)	高、貴	面白い (イ/4)	有趣
安い (イ/2)	便宜	難しい (イ/0)	難
低い (イ/2)	低、矮	美味しい (イ/0)	好吃
暑い (イ/2)	熱	いい (イ/1)	好
寒い (イ/2)	寒冷的		
涼しい (イ/3)	涼爽	晴れ (名/2)	晴天
冷たい (イ/0 或 3)	冷淡、涼	雨 (名/1)	雨天
大きい (イ/3)	大的	綺麗 (ナ/1)	美麗、乾淨
小さい (イ/3)	小的	ハンサム (ナ/1)	英俊
広い (イ/2)	寛闊	親切 (ナ/1)	親切
狭い (イ/2)	狹小	元気 (ナ/1)	有元氣、精神
新しい (イ/4)	新	有名 (ナ/0)	有名
古い (イ/2)	舊	素敵 (ナ/0)	很棒、漂亮
軽い (イ/0)	輕	賑やか (ナ/2)	熱鬧
重い (ナ/0)	重	静か (ナ/1)	安靜
		便利 (ナ/1)	方便
楽しい (イ/3)	快樂、高興	簡単 (ナ/0)	簡單
忙しい (イ/4)	忙碌	暇 (ナ/0)	空閒、閒暇

とても (副/0)	非常 ...	**家** (名/2)	家、房子
あまり (副/0)	不怎麼 ...	**パーティー** (名/1)	宴會
どう (副/1)	如何、怎樣	**デート** (名/1)	約會
今日 (名/1)	今天	**昼ご飯** (名/3)	中餐
昨日 (名/2)	昨天	**晩ご飯** (名/3)	晚餐
明日 (名/3)	明天	**お寿司** (名/2)	壽司
先週 (名/0)	上週	**ラーメン** (名/1)	拉麵
一昨日 (名/3)	前天	**ケーキ** (名/1)	蛋糕
今 (名/1)	現在、現今	**レストラン** (名/1)	餐廳
昔 (名/0)	以前、古時	**富士山** (名/1)	富士山
毎日 (名/1)	每天	**地下鉄** (名/0)	地鐵
授業 (名/1)	上課、課堂	**町** (名/2)	街道、城鎮
試験 (名/2)	考試、測驗	**台湾** (名/3)	台灣
旅行 (名/0)	旅行	**韓国** (名/1)	韓國
運動会 (名/3)	運動會		
映画 (名/0 或 1)	電影	**また後で。**	稍後見！
小説 (名/0)	小說		

イ形容詞

　　「イ形容詞」放置於句尾來描述事物時，會隨著肯定或否定，有不同的型態。

	イ形容詞
現在式・肯定	高いです
現在式・否定	高く　ないです（高く　ありません）

例句

・富士山は　高いです。（富士山高。）
　富士山は　とても　高いです。（富士山很高。）

・今日は　寒くないです。（今天不冷。）
　今日は　あまり　寒くないです。（今天不怎麼冷。）

・A：あの　店の　コーヒーは　美味しいですか。（那間店的咖啡好喝嗎？）
　B：はい。　とても　美味しいです。（是的，非常好喝。）

・A：その　かばんは　高いですか。（那個包包貴嗎？）
　B：いいえ。　高くないです。　とても　安いです。（不，不貴。很便宜。）

・A：学校は　どうですか。（學校怎麼樣呢？）
　B：学校は　楽しいです。（學校很有趣。）

1. 大_{おお}きい です。　→　大_{おお}きくない です。
   新_{あたら}しい　　　　→　新_{あたら}しくない
   いい　　　　　　　→　よくない

2. 今日_{きょう}　は　とても　　　暑_{あつ}い　　　です。
   　　　　　　あまり　　　暑_{あつ}くない

1. 例_{れい}：この　教科書_{きょうかしょ}・新_{あたら}しい　→　この　教科書_{きょうかしょ}は　新_{あたら}しいです。
   ① 中村_{なかむら}さん・忙_{いそが}しい
   ② この　りんご・美味_{おい}しい
   ③ あの　ドレス・小_{ちい}さい

2. 例_{れい}：この　部屋_{へや}・広_{ひろ}い　→　この　部屋_{へや}は　広_{ひろ}くないです。
   ① ここ・涼_{すず}しい
   ② この　辞書_{じしょ}・重_{おも}い
   ③ 私_{わたし}の　スマホ・高_{たか}い

3. 例_{れい}：台湾_{たいわん}の　食_たべ物_{もの}・美味_{おい}しい　→　A：台湾_{たいわん}の　食_たべ物_{もの}は　どうですか。
   　　　　　　　　　　　　　　　　　　　　B：とても　美味_{おい}しいです。
   例_{れい}：会社_{かいしゃ}の　仕事_{しごと}・忙_{いそが}しくない　→　A：会社_{かいしゃ}の　仕事_{しごと}は　どうですか。
   　　　　　　　　　　　　　　　　　　　　B：あまり　忙_{いそが}しくないです。
   ① 学校_{がっこう}の　図書室_{としょしつ}・狭_{せま}い
   ② その　教科書_{きょうかしょ}・よくない

ナ形容詞＆名詞

「ナ形容詞」與「名詞」放置於句尾來描述事物時，會隨著肯定或否定，有不同的型態。名詞的型態與ナ形容詞相同，因此一起學習。

	イ形容詞	名詞
現在式・肯定	静_{しず}かです	学_{がくせい}生です
現在式・否定	静_{しず}かでは　ありません （静_{しず}かでは　ないです）	学_{がくせい}生では　ありません （学_{がくせい}生では　ないです）

例 句

・明_{あき}菜_なちゃんは　綺_き麗_{れい}です。（明菜漂亮。）

　明_{あき}菜_なちゃんは　とても　綺_き麗_{れい}です。（明菜很漂亮。）

・ここは　静_{しず}かでは　ありません。（這裡不安靜。）

　ここは　あまり　静_{しず}かでは　ありません。（這裡不怎麼安靜。）

・A：イロハ大_{だいがく}学の　高_{たかはしせんせい}橋先生は　親_{しんせつ}切ですか。（伊呂波大學的高橋老師親切嗎？）

　B：はい。　とても　親_{しんせつ}切です。（是的，非常親切。）

・A：高_{たかはしせんせい}橋先生は　有_{ゆうめい}名ですか。（高橋老師有名氣嗎？）

　B：いいえ。　あまり　有_{ゆうめい}名では　ありません。（不，不是很有名氣。）

・A：陳_{チン}さん、　最_{さいきん}近は　どうですか。（陳先生，最近過得如何？）

　B：毎_{まいにち}日　暇_{ひま}です。（每天都很清閒。）

1. 親切_{しんせつ}です。 → 親切_{しんせつ}では ありません。
   静_{しず}か　　　　　　静_{しず}か
   綺麗_{きれい}　　　　　　綺麗_{きれい}

2. 東京_{とうきょう}　　　は　賑_{にぎ}やか　です。　そして、　便利_{べんり}です。
   陳_{チン}さん　　　　　　ハンサム　　　　　　　　親切_{しんせつ}
   この　かばん　　　　重_{おも}い　　　　　　　　　　高_{たか}い

1. 例_{れい}：今日_{きょう}・晴れ（はい）→　A：今日_{きょう}は_は　晴れですか。
   　　　　　　　　　　　　　　　　B：はい、　晴_はれです。
   例_{れい}：明日_{あした}・土曜日_{どようび}（いいえ）→　A：明日_{あした}は　土曜日_{どようび}ですか。
   　　　　　　　　　　　　　　　　　B：いいえ、　明日_{あした}は　土曜日_{どようび}では

   　　　　　　　　　ありません。

   ① 高橋先生_{たかはしせんせい}・親切_{しんせつ}（はい）
   ② あなた・学生_{がくせい}（いいえ）
   ③ ダニエルさん・元気_{げんき}（はい・とても）
   ④ あの人_{ひと}・有名_{ゆうめい}（いいえ・あまり）

2. 例_{れい}：この　町_{まち}（静_{しず}か・便利_{べんり}）
   →　この　町_{まち}は　静_{しず}かです。　そして　便利_{べんり}です。
   ① 山田先生_{やまだせんせい}（有名_{ゆうめい}・親切_{しんせつ}）
   ② この　部屋_{へや}（狭_{せま}い・寒_{さむ}い）
   ③ この　かばんは（軽_{かる}い・素敵_{すてき}）

イ形容詞（過去）

「イ形容詞」放置於句尾來描述事物時，會隨著肯定、否定或現在過去，有不同的型態。以下表格整理イ形容詞的四種時制與肯定否定。

	イ形容詞
現在式・肯定	高いです
現在式・否定	高く　ないです（高く　ありません）
過去式・肯定	高かったです
過去式・否定	高く　なかったです （高く　ありませんでした）

例句

・昔、　台北の　家は　安かったです。（以前台北的房價很便宜。）

・先週の　パーティーは　楽しく　なかったです。（上星期的派對不好玩。）

・昨日の　試験は　とても　難しかったです。（昨天的考試很難。）

・昨日は　あまり　寒く　なかったです。（昨天不怎麼冷。）

・A：先週の　旅行は　どうでしたか。（上週的旅行如何？）

　B：とても　楽しかったです。（非常的開心。）

・A：ケーキ、　美味しかったですか。（蛋糕好吃嗎？）

　B：いいえ、　あまり　美味しくなかったです。（不，不怎麼好吃。）

1. 大きい です。 → 大きくない です。 大きかった です。 大きくなかった です。
   新しい です → 新しくない 新しかった 新しくなかった
   いい です → よくない よかった よくなかった

1. 例：昨日・忙しい →昨日は　忙しかったです。
   ① 先週・寒い
   ② 昨日の　パーティー・楽しい
   ③ 一昨日の　授業・難しい

2. 例：昨日の　晩ご飯・美味しい　→　A：昨日の　晩ご飯は　どうでしたか。
   　　　　　　　　　　　　　　　　　　B：とても　美味しかったです。
   　例：先週の　デート・楽しくない　→　A：先週の　デートは　どうでしたか。
   　　　　　　　　　　　　　　　　　　B：あまり　楽しく　なかったです。
   ① 昨日の　試験・難しい
   ② 先週の　映画・面白くない

3. 例：学校の食堂・美味しい（はい）→　A：学校の食堂は　美味しかったですか。
   　　　　　　　　　　　　　　　　　　B：はい、　美味しかったです。
   　例：あの　映画・面白い（いいえ）→　A：あの　映画は　面白かったですか。
   　　　　　　　　　　　　　　　　　　B：いいえ、　面白く　なかったです。
   ① あの　レストラン・美味しい（いいえ）
   ② その　小説・面白い（はい）

句型四

ナ形容詞＆名詞（過去）

「ナ形容詞」與「名詞」放置於句尾來描述事物時，會隨著肯定、否定或現在過去，有不同的型態。以下表格整理ナ形容詞與名詞的四種時制與肯定否定。

	イ形容詞	名詞
現在式・肯定	静かです	学生です
現在式・否定	静かでは　ありません （静かでは　ないです）	学生では　ありません （学生では　ないです）
過去式・肯定	静かでした	学生でした
過去式・否定	静かでは　ありませんでした （静かでは　なかったです）	学生では　ありませんでした （学生では　なかったです）

例 句

・聖子ちゃんは　昔、　とても　有名でした。（聖子以前很有名。）

・昨日の　試験は　簡単では　ありませんでした。（昨天的考試不簡單。）

・A：東京は　どうでしたか。（東京如何？）
　B：賑やかでした。　そして、　暑かったです。（很熱鬧，而且很熱。）

・私は　イロハ大学の　学生でした。　今は　会社員です。

（我曾經是伊呂波大學的學生。現在是公司員工。）

64

1. 親切です。→親切ではありません。／親切でした。／親切ではありませんでした。
   静かです →静かではありません ／静かでした ／静かではありませんでした
   綺麗です →綺麗ではありません ／綺麗でした ／綺麗ではありませんでした

2. 今日は　晴れ　です。　　昨日は　雨　でした。
   　　　　　日曜日　　　　　　　　　　土曜日
   　　　　　静か　　　　　　　　　　　賑やか

1. 例：今日・何曜日（日曜日）
   →　A：今日は　何曜日ですか。　　　B：日曜日です。
   例：昨日・何曜日（土曜日）
   →　A：昨日は　何曜日でしたか。　　B：土曜日でした。
   ① 今日の　晩ご飯・何（お寿司）
   ② 昨日の　昼ご飯・何（ラーメン）

2. 例：昨日・晴れ（いいえ・雨）
   →　A：昨日は　晴れでしたか。
   　　B：いいえ、　晴れでは　ありませんでした。
   　　　　雨でした。
   ① 先週の　運動会・賑やか（はい）
   ② 一昨日・雨（いいえ・晴れ）
   ③ 昨日・日曜日（いいえ・土曜日）

（小陳早上遇到學長朴先生，與他閒聊）

陳：先輩、　おはよう　ございます。

朴：おはよう。

陳：今日は　寒いですね。

朴：そうですね。

陳：韓国は　今　寒いですか。

朴：いいえ。　韓国は　今　あまり　寒くないです。

陳：そうですか。　台湾は　今　とても　暑いです。

朴：陳さん、　昨日の　パーティー、　どうでしたか。

陳：賑やかでした。　そして、　楽しかったです。

朴：それは　よかったですね。　じゃあ。

陳：じゃあ、　また後で。

陳：學長早安。

朴：早。

陳：今天好冷啊。

朴：對啊。

陳：韓國現在冷嗎？

朴：不。韓國現在不怎麼冷。

陳：是喔。台灣現在超熱的。

朴：小陳，昨天的派對如何啊？

陳：很熱鬧。而且玩得很盡興。

朴：那真是太好了。那我先走囉。

陳：那麼稍後見。

填空題

1. A：この　店の　ケーキ、　美味しいですか。

   B：いいえ、　（　　　　　　　　　　　）。

2. A：エルメスの　かばんは　高いですか。

   B：はい、　（　　　　　　　　　　　）　高いです。

3. A：この　町は　賑やかですか。

   B：いいえ、　あまり　（　　　　　　　　　　　　　　）。

4. 私の　家は　広いです。　（　　　　　　）　静かです。

5. A：旅行は　どう（　　　　　　）か。　B：楽しかったです。

6. A：パーティーは　楽しかったですか。　B：いいえ、　あまり　（　　　）。

7. 今日は　晴れです。　昨日は　雨（　　　　　　）。

8. 彼女は　昔、　あまり　綺麗（　　　　　　　　　　　　）。

選擇題

1. A：最近は　（　　）ですか。　B：忙しいです。

   1　なん　　　　　2　だれ　　　　　3　どう　　　　4　どこ

2. 東京の　地下鉄は　（　　）　便利です。

   1　とても　　　　2　あまり　　　　3　どう　　　　4　そして

3. このケーキ、　（　　）です。

   1　暑い　　　　　2　忙しい　　　　3　美味しい　　4　低い

4. 昔の　学校の　先生は、　とても　親切（　　）。

   1　かったです　　2　だったです　　3　でした　　　4　かったでした

5. 昨日の　日本語の　試験は　（　　）。

   1　難しかっだ　　　　　　　　　2　難しくなかった

   3　難しいだった　　　　　　　　4　難しくたった

6. 私は　昔、　イロハ大学の　先生でした。　学生（　　）。

   1　では　ないでした　　　　　　2　では　なかったでした

   3　では　ありました　　　　　　4　では　ありませんでした

翻譯題

1. 昔、　日本の　家は　高かったです。

2. あの人は　親切ではありません。　冷たいです。

3. 先週、　東京は　寒かったです。　韓国も　寒かったですか。

4. 台北的捷運很方便。

5. 昨天是雨天。而且很冷。

6. 山田老師以前非常有名。

Memo

5

富士山は　高い　山です。

ふ じ さん / たか / やま

1. 〜い名詞／〜な名詞／〜の名詞

2. 〜くて、〜／〜で、〜

3. Ａは　Ｂが　形容詞

4. 〜が、〜

しろ **白い** (イ /2)	白色	じょせい **女性** (名 /0)	女性
くろ **黒い** (イ /2)	黑色	だんせい **男性** (名 /0)	男性
あか **赤い** (イ /0)	紅色	**おじさん** (名 /0)	大叔
あお **青い** (イ /2)	青色（藍或綠）	**おばさん** (名 /0)	大嬸
なが **長い** (イ /2)	長		
みじか **短い** (イ /3)	短	あたま **頭** (名 /3 或 2)	頭部
ちか **近い** (イ /2)	近	かお **顔** (名 /0)	臉、臉部
とお **遠い** (イ /0)	遠	かみ **髪** (名 /2)	頭髮
おお **多い** (イ /1)	多	め **目** (名 /1)	眼睛
すく **少ない** (イ /3)	少	はな **鼻** (名 /0)	鼻子
くら **暗い** (イ /0)	暗	せ **背** (名 /1)	背、個子、身高
あま **甘い** (イ /0)	甜	こえ **声** (名 /1)	聲音
わか **若い** (イ /2)	年輕	**マンション** (名 /1)	集合住宅大樓
うるさい (イ /3)	囉唆、吵雜的	**アパート** (名 /2)	木造公寓
たいへん **大変** (ナ /0)	很 ...、非常 ... （程度高）	よくしつ **浴室** (名 /0)	浴室

家賃（名/1） やちん	房租	
仕事（名/0） しごと	工作	
給料（名/1） きゅうりょう	薪水	
宿題（名/0） しゅくだい	回家作業	
曇り（名/3） くも	陰天	
食べ物（名/2或3） た　もの	食物	
りんご（名/0）	蘋果	
みかん（名/1）	柑橘	
公園（名/0） こうえん	公園	
山（名/2） やま	山	
海（名/1） うみ	海邊	
緑（名/1） みどり	緑地、緑色	
象（名/1） ぞう	大象	
近く（名/1或2） ちか	附近	

どんな（連/1）　怎樣的 ...

※真實地名：

京都（名/1） きょうと	京都
奈良（名/1） なら	奈良
大阪（名/0） おおさか	大阪
神戸（名/1） こうべ	神戸
東京（名/0） とうきょう	東京
新宿（名/0） しんじゅく	新宿
池袋（名/3） いけぶくろ	池袋
目白（名/1） めじろ	目白

～い名詞／～な名詞／～の名詞

本句型學習如何使用形容詞來形容、說明一個名詞的性質或狀態。

「イ形容詞」使用「～い」的結尾即可修飾名詞；

「ナ形容詞」則是需要在語幹後面加上「～な」，才可用來修飾名詞；

至於「名詞」修飾名詞的方式，則是第 1 課即學過：「名詞**の**＋名詞」。

例句

・富士山は　高い　山です。（富士山是高山。）

・高橋先生は　有名な　先生です。（高橋老師是有名的老師。）

・ここは　私の　部屋です。（這裡是我的房間。）

・A：陳さんは　面白い　人ですか。（小陳是有趣的人嗎？）
　B：いいえ、　陳さんは　面白い　人では　ありません。

　　（不是，小陳不是有趣的人。）

・A：あの　綺麗な　女性は　誰ですか。（那個漂亮的女性是誰呢？）
　B：（あの方は）　山本医院の　医者です。（那位是山本醫院的醫生。）

・A：この　赤い　かばんは　誰のですか。（這個紅色的包包是誰的呢？）
　B：林さんの　です。（林小姐的。）

・A：どれが　日本語の　辞書ですか。（哪一本是日文字典呢？）
　B：あの　重いのが　日本語の　辞書です。（那本很重的就是日文字典。）

1. 田中先生は　親切な　　　　先生です。
   面白い
   日本語学校の

2. A：新宿は　どんな　町ですか。　　B：賑やかな　町です。
   楽しい
   便利な
   大きい

1. 例：ルイさんの　かばん（黒い）

   → 　A：ルイさんの　かばんは　どれですか。
   　　B：あの　黒い　かばんです。
   ① 高橋先生の　眼鏡（青い）
   ② 鈴木さんの　財布（長い）
   ③ 陳さんの　スマホ（軽い）

2. 例：加藤さん（綺麗・女性）→ 　A：誰が　加藤さんですか。
   　　B：あの　綺麗な　女性が　加藤さんです。
   ① 陳さん（ハンサム・男性）
   ② 渡辺社長（元気・おじさん）
   ③ 高橋先生（うるさい・おばさん）

～くて、～／～で、～

　　若想要使用兩個以上的形容詞來描述主語的特徵時，可以將兩個形容詞句子以「そして」來串連（第4課「句型2」），亦可將第一個形容詞改為「～くて／～で」來連接。

　　「イ形容詞」去掉結尾的「～い」改為「～くて」。例：「高<ruby>高<rt>たか</rt></ruby>い」→「高<ruby>高<rt>たか</rt></ruby>**くて**」。

　　「ナ形容詞」則是在語幹後加上「～で」。例：「<ruby>静<rt>しず</rt></ruby>か」→「<ruby>静<rt>しず</rt></ruby>か**で**」。

　　「名詞」則是加上「～で」。翻譯可譯為「是…，（同時）也是…。」

例句

・この　かばんは　<ruby>小<rt>ちい</rt></ruby>さいです。　そして　<ruby>軽<rt>かる</rt></ruby>いです。（這個包包很小。而且很輕。）

→ この　かばんは　<ruby>小<rt>ちい</rt></ruby>さくて、　<ruby>軽<rt>かる</rt></ruby>いです。（這個包包既小又輕。）

・<ruby>高橋先生<rt>たかはしせんせい</rt></ruby>は　<ruby>有名<rt>ゆうめい</rt></ruby>です。　そして　<ruby>親切<rt>しんせつ</rt></ruby>です。（高橋老師很有名，而且很親切。）

→ <ruby>高橋先生<rt>たかはしせんせい</rt></ruby>は　<ruby>有名<rt>ゆうめい</rt></ruby>で、　<ruby>親切<rt>しんせつ</rt></ruby>です。（高橋老師既有名又親切。）

・<ruby>山田<rt>やまだ</rt></ruby>さんは　<ruby>日本人<rt>にほんじん</rt></ruby>です。　そして　イロハ<ruby>大学<rt>だいがく</rt></ruby>の　<ruby>学生<rt>がくせい</rt></ruby>です。

（山田先生是日本人。而且是伊呂波大學的學生。）

→ <ruby>山田<rt>やまだ</rt></ruby>さんは　<ruby>日本人<rt>にほんじん</rt></ruby>で、　イロハ<ruby>大学<rt>だいがく</rt></ruby>の　<ruby>学生<rt>がくせい</rt></ruby>です。

（山田先生是日本人，同時也是伊呂波大學的學生。）

・<ruby>昨日<rt>きのう</rt></ruby>は　<ruby>雨<rt>あめ</rt></ruby>で、　<ruby>寒<rt>さむ</rt></ruby>かったです。（昨天是雨天，很冷。）

・<ruby>東京<rt>とうきょう</rt></ruby>は　<ruby>楽<rt>たの</rt></ruby>しくて、　<ruby>便利<rt>べんり</rt></ruby>な　<ruby>町<rt>まち</rt></ruby>でした。（東京是個既好玩又方便的城市。）

1. 忙しいです → 忙しくて ; 忙しく ないです → 忙しく なくて
   親切です 親切で ; 親切では ありません 親切では なくて
   いいです よくて ; よく ないです よく なくて

2. この 家は 狭くて、 暗い です。
   静かで、 いい
   古くて、 駅から 遠い
   新しくて、 駅に 近い

3. ルイさんは 若くて、 元気な 学生です。
   ハンサムで、 面白い
   フランス人で、 イロハ大学の

1. 例：この スマホ（大きい・重い）
   → この スマホは 大きくて、 重いです。
   ① あの 先生（冷たい・親切では ありません）
   ② 宿題（少ない・簡単）
   ③ 王さん（日本語学校の 学生・中国人）

2. 例：この 財布（高くない・安い）
   → この 財布は 高くなくて、安かったです。
   ① ダニエルさん（親切では ありません・冷たい）
   ② 先週（暑く ない・涼しい）
   ③ 昨日（晴れ・曇り）

Ａは　Ｂが　形容詞

　　本句型以「Ａは　Ｂが　形容詞」的形式來講述Ａ的屬性。其中，Ａ為主體，也就是此人事物的整體範圍，而Ｂ則為Ａ的其中一部分（有些文法書稱Ａ為「大主語」，Ｂ為「小主語」）。

例句

・山田さんは　頭が　いいです。（山田小姐頭腦很好。）

・鈴木さんは　背が　高いです。（鈴木先生身高很高。）

・この　学校は　先生が　有名です。（這間學校老師很有名。）

・この　アパートは　部屋が　狭いです。

＋この　アパートは　家賃が　高いです。

＝この　アパートは、　部屋が　狭くて　家賃が　高いです。

（這個公寓，房間又小，房租又貴。）

・Ａ：ジャックさんは　どんな　人ですか。（傑克是個怎樣的人呢？）

　Ｂ：ジャックさんは　頭が　いい　人です。

　　＋ジャックさんは　親切な　人です

　　＝ジャックさんは、　頭が　よくて　親切な　人です。

（傑克是個頭腦好，又親切的人。）

1. 象は　鼻が　長い　です。
　　　　　顔　　　大きい
　　　　　頭　　　いい

2. A：奈良は　どうでしたか。　　B：静かで、　緑が　多かったです。
　　　大阪　　　　　　　　　　　　賑やかで、食べ物が　美味しかったです。
　　　神戸　　　　　　　　　　　　新しくて、海が　綺麗でした。

3. A：奈良は　どんな　町でしたか。
　　　大阪
　　　神戸

　　B：静かで、　緑が　多い　　　　　　　　町でした。
　　　賑やかで、食べ物が　美味しい
　　　新しくて、海が　綺麗な

1. 例：ルイさん（背が　高い・髪が　長い）
　　→　A：ルイさんは　どの　人ですか。
　　　　B：ルイさんは、　あの　背が　高くて　髪が　長い　人です。
　　① 山田さん（髪が　黒い・目が　大きい）
　　② 高橋先生（声が　大きい・元気）
　　③ ダニエルさん（ハンサム・髪が　短い）

〜が、〜

　　「〜が」可將前後兩個句子串聯成一個句子。使用「A が、B」的形式，表達「雖然狀況為A，但卻同時又有B這樣與A的狀況相反或相對立的性質（逆接）」。接續時，僅需直接將「〜が」放置於A句的後方即可。

例句

・この　部屋は　広いですが、　暗いです。（這個房間很寬廣，但是很暗。）

・田中先生は　親切ですが、　ハンサムでは　ありません。
（田中老師很親切，但長得不帥。）

・東京は　便利ですが、　家賃が　高いです。（東京很方便，但房租很貴。）

・A：先週の　運動会は　どうでしたか。（上個禮拜的運動會如何呢？）
　B：雨でしたが、　楽しかったです。（雖然下雨，但是很快樂。）

・この　家は　部屋が　広いです。
　この　家は　浴室が　狭いです。
→この　家は　部屋は　広いですが、　浴室は　狭いです。
（這個家的房間很寬廣，但浴室卻很小。）

1. 大学は　　大変ですが、　　楽しいです。
　　日本　　　狭いです　　　　綺麗です
　　今日　　　晴れです　　　　寒いです

2. 奈良は　　静かで、　　　緑が　多いです　　　　　　が、　家賃が　高いです。
　　大阪　　　賑やかで　　　食べ物が　美味しいです
　　神戸　　　新しくて　　　海が　綺麗です

1. 例：この　リンゴ（高い・美味しい）

　　→　この　リンゴは　高いですが、　美味しいです。
　　例：この　みかん（大きい・甘い）

　　→　この　みかんは　大きくて、　甘いです。
　　① 小林さん（親切、面白い）
　　② 仕事（忙しい、楽しい）

2. 例：この　会社（仕事が　大変／給料が　いい）

　　→　a. この　会社は　仕事が　大変です。
　　　　b. この　会社は　給料が　いいです。
　　　　c. この　会社は　仕事は　大変ですが、　給料は　いいです。
　　① 東京（ビルが　多い／緑が　少ない）
　　② 王さん（背が　高い／顔が　悪い）

81

（房仲在為留學生介紹房子）

不動産屋：

こちらの　池袋の　部屋は　広いです。　そして、　駅に

近いです。　家賃は　20万円です。　こちらの　目白の

部屋は　狭いです。　家賃は　10万円です。　安いですが、

駅から　遠いです。　池袋は　賑やかで、　便利な　町です。

目白は　緑が　多くて、　素敵な　町です。

陳：昨日、　池袋へ　行きました。

林：どんな　町でしたか。

陳：人が　多くて、　うるさい　町でした。

林：そうですか。　私は　昨日、　目白へ　行きました。

近くの　公園は　広くて、　静かでした。

房仲業者：

　　這間池袋的房子很寬廣。然後離車站也近。房租 20 萬日圓。這間目白的房子很狹小。房租 10 萬日圓。雖然便宜，但是離車站很遠。池袋很熱鬧，很方便。目白則是個綠意盎然，很棒的地方。

陳：昨天我去了池袋。

林：那是個怎樣的地方呢？

陳：人很多，很吵的地方。

林：是喔。我昨天去了目白。附近的公園既寬廣又安靜。

填空題

1. A：東京は　（　　　　　）町ですか。　賑やかな　町です。

2. あの　女性は　有名（　　　）人です。

3. あの　赤い（　　　）かばんは　誰の　ですか。

4. A：田村さんは　（　　　　　）人ですか。　B：あの　若い　人です。

5. 陳さんは　頭（　　　）　いいです。

6. この　部屋は　狭（　　　　　）、　暗いです。

7. この　部屋は　広いです（　　　　）、　古いです。

8. 池袋は　賑やか（　　　）、　便利な　町です。

選擇題

1. 学校の　近くの　レストランは　味が　（　）です。
　　1　よくない　　　　2　いくない　　　　3　いいない　　　4　よいない

2. 新しい　スマホは　（　）、　いいです。
　　1　軽かって　　　　2　軽かった　　　3　軽いで　　　　4　軽くて

3. 駅の　（　）　レストランは　美味しくないです。
　　1　近い　　　　　　2　近いの　　　　　3　近く　　　　　4　近くの

4. A：どれが　林さんの　かばんですか。

B：あの　（　　）　林さんの　かばんです。

1　赤いのは　　　　2　赤いのが　　　3　赤くては　　　　4　赤かったが

5. 象（　）　鼻（　）　長いです。

1　が／は　　　　　2　は／が　　　3　が／が　　　　　4　は／の

6. A：池袋は　どんな　町でしたか。　B：緑が　（　　）、　うるさい　町でした。

1　少なくて　　　　2　少ないで　　　3　少なくなくて　　　4　少なかって

翻譯題

1. 渡辺社長は　親切で、　面白い　人です。

2. 昨日の　パーティーは　賑やかでしたが、　楽しくなかったです。

3. 大阪は　人が　多くて、　食べ物が　美味しい　町です。

4. 山本小姐頭髮很長。

5. 這房間雖然很新，但離車站很遠。

6. 新宿是個既熱鬧又有趣的城市。

Memo

6

私は あなたが 好きです。
わたし　　　　　　　　　す

1 ～は ～が 形容詞

2 ～は ～より （～が） 形容詞

3 Ａと Ｂと どちらが （～が） 形容詞

4 ～で ～が 一番 （～が） 形容詞
　　　　　　　　いちばん

好き （イ /2）　喜歡、愛好

嫌い （イ /0）　討厭

上手 （イ /3）　高明、厲害

下手 （イ /2）　笨拙、遜

欲しい （イ /2）　想要

明るい （イ /0）　明亮

暖かい （イ /4）　溫暖、暖和

まずい （イ /2）　難吃

酷い （イ /2）　糟糕、差

かっこいい （イ /4）　帥

歌 （名 /2）　歌曲、歌

話 （名 /3）　談話、話

料理 （名 /1）　料理、烹調

勉強 （名 /0）　學習、用功

絵 （名 /1）　畫作、圖畫

ダンス （名 /1）　跳舞、舞

ピアノ （名 /0）　鋼琴

スポーツ （名 /2）　體育運動

野球 （名 /0）　棒球

クラス （名 /1）　班級

みんな （名 /3）　全部、大家

家族 （名 /1）　家人

世界 （名 /1）　世界

中 （名 /1）　裡面、當中

隣 （名 /0）　鄰近、旁邊

弁当 （名 /3）　便當、飯盒

果物 （名 /2）　水果

天丼 （名 /0）　炸蝦蓋飯

うどん （名 /0）　烏龍麵

そば （名 /1）　蕎麥麵

スイカ （名 /0）　西瓜

バナナ （名 /1）　香蕉

ピーマン （名 /1）　青椒

喫茶店 きっさてん (名 /0)	咖啡廳
スーパー (名 /1)	超市
タクシー (名 /1)	計程車
バス (名 /1)	公車
カード (名 /1)	信用卡
現金 げんきん (名 /3)	現金
物価 ぶっか (名 /0)	物價
環境 かんきょう (名 /0)	環境
お父さん とう (名 /2)	爸爸
お母さん かあ (名 /2)	媽媽
父 ちち (名 /2 或 1)	家父
母 はは (名 /1)	家母
春 はる (名 /1)	春天
夏 なつ (名 /2)	夏天
秋 あき (名 /1)	秋天
冬 ふゆ (名 /2)	冬天

何 なに (疑 /1)	什麼？
いつ (疑 /1)	何時？
どれも (疑 /1)	無論哪個都 ...
どこも (疑 /1)	無論哪裡都 ...
何でも なん (疑 /1)	所有都 ...
いつも (疑 /1)	無論何時都、總是
もう (副 /1)	已經

※真實地名：

名古屋 なごや (名 /1)	名古屋
横浜 よこはま (名 /0)	橫濱
南極 なんきょく (名 /0)	南極
北極 ほっきょく (名 /0)	北極
台北 タイペイ (名 /0)	台北

～は　～が　形容詞

　　本句型學習五個形容詞，分別為：「好き／嫌い」、「上手／下手」，以及「欲しい」。當欲表達喜歡或討厭的對象時、對某事物擅長或不擅長、以及表達想要的物品時，就是使用「～が」。

例句

・（私は）　あなたが　好きです。（我喜歡你。）

・（私は）　賑やかな　ところが　とても　嫌いです。（我非常討厭熱鬧的地方。）

・田村さんは　歌が　とても　上手です。（田村先生歌唱得很棒。）

・私は　料理が　下手です。（我料理做得很差。）

・（私は）　新しい　タブレットが　欲しいです。（我想要新的平板電腦。）

・私は　車が　あまり　欲しく　ないです。（我不怎麼想要車子。）

・A：どれが　欲しいですか？　B：これが　欲しいです／いいです。

　（A：你想要哪個？　B：我想要這個。）

1. 私（わたし）は　韓国料理（かんこくりょうり）が　あまり　好（す）きでは　ありません。
   あの　人（ひと）
   スポーツ

2. 子供（こども）の　頃（ころ）、　（私（わたし）は）　ピーマン　が　嫌（きら）いでした。
   勉強（べんきょう）
   学校（がっこう）の　先生（せんせい）

1.　例（れい）：王（オウ）さん・日本語（にほんご）（あまり　上手（じょうず）では　ありません）
   →　王（オウ）さんは　日本語（にほんご）が　あまり　上手（じょうず）では　ありません。
   ① 佐藤（さとう）さん・ダンス（下手（へた）です）
   ② 小林（こばやし）さん・ピアノ（上手（じょうず）です）
   ③ ルイさん・絵（え）（とても　上手（じょうず）です）

2.　例（れい）：かばん・欲（ほ）しい（小（ちい）さい／軽（かる）い）
   →　A：どんな　かばんが　欲（ほ）しいですか。
   　　B：小（ちい）さくて、　軽（かる）い　かばんが　欲（ほ）しいです。
   ① 人（ひと）・好（す）き（ハンサム／親切（しんせつ））
   ② 家（いえ）・欲（ほ）しい（駅（えき）に　近（ちか）い／部屋（へや）が　明（あか）るい）
   ③ 女性（じょせい）・好（す）き（髪（かみ）が　長（なが）い／目（め）が　大（おお）きい）

91

〜は 〜より （〜が） 形容詞

　　比較兩事物時，比較的基準會使用助詞「〜より」。若比較過去的事情與現在的事情，句末的時制必須跟著主語「〜は」的部分。

　　此句型亦可在形容詞的前方，加上助詞「〜が」來敘述對象或更具體的細節部分。

例句

・ 中村さんは　田村さんより　かっこいいです。（中村先生比田村先生帥。）

・ 今日は　昨日より　寒いですね。（今天比起昨天冷。）

・ 去年は　今年より　忙しかったです。（去年比起今年忙。）

・ 王さんは　陳さんより　顔が　大きいです。（王先生比陳先生臉大。）

・ 東京は　大阪より　人が　多いです。（東京比大阪人還要多。）

・ この　マンションは　あの　アパートより　部屋が　狭いです。
（這間華廈大樓比起那間木造公寓房間還要小。）

1. タブレット は　パソコン より　便利です。
   タクシー　　　バス
   カード　　　　現金

2. 新宿　は　池袋　　より　人が　多い　ですか。
   陳さん　　鈴木さん　　体が　大きい
   東京　　　台北　　　　家賃が　高い

1. 例：今日・昨日（寒い）→　今日は　昨日より　寒いです。
   例：昨日・今日（暑い）→　昨日は　今日より　暑かったです。
   ① 先週・今週（忙しい）
   ② 今年・去年（暖かい）
   ③ 昨日・今日（仕事が　大変）

2. 例：奈良・東京（静かで、　緑が　多い）
   →　奈良は　東京より　静かで　緑が　多いです。
   ① 大阪・名古屋（賑やかで、　食べ物が　美味しい）
   ② 神戸・横浜（町が　新しくて、　海が　綺麗）

Ａと　Ｂと　どちらが　（〜が）　形容詞

　　　兩事物之間比較的疑問句，可使用「Ａと　Ｂと　どちらが　形容詞」的形式，來詢問Ａ、Ｂ兩件事物，其性質上的優劣、大小、長短、多寡…等。回覆時，會以「〜の　ほうが」的形式回答。若欲表示兩者相當，可使用「どちらも　形容詞」的形式來回答。

　　　此句型亦可在形容詞的前方，加上助詞「〜が」來敘述對象或更具體的細節部分。

例句

・Ａ：赤い　傘と　青い　傘と　どちらが　軽いですか。

　　　（紅色雨傘與藍色雨傘，哪把比較輕？）

　Ｂ：赤い　傘の　ほうが　軽いです。（紅色雨傘那把比較輕。）

・Ａ：うどんと　そばと　どちらが　美味しいですか。

　　　（烏龍麵跟蕎麥麵哪個比較好吃？）

　Ｂ：どちらも　美味しいですよ。（兩個都很好吃。）

・Ａ：（あなたは）　高橋先生と　田中先生と　どちらが　好きですか。

　　　（你比較喜歡高橋老師還是田中老師。）

　Ｂ：（私は）　高橋先生の　ほうが　好きです。（我比較喜歡高橋老師。）

・Ａ：東京と　大阪と　どちらが　人が　多いですか。（東京跟大阪那裡人比較多？）
　Ｂ：東京の　ほうが　人が　多いです。（東京人比較多。）

1. A： スイカ　と　バナナ　と　どちらが　甘[あま]いですか。
   　　今日[きょう]　　　明日[あした]　　　　　　暇[ひま]
   　　この　かばん　その　かばん　　　　素敵[すてき]

   B： どちらも　甘[あま]い　です。
   　　　　　　　暇[ひま]
   　　　　　　　素敵[すてき]

2. A： 陳[チン]さん　と　林[リン]さん　と　どちら　が　日本語[にほんご]が　上手[じょうず]ですか。
   　　佐藤[さとう]さん　　田村[たむら]さん　　　　　　　　ダンス
   　　お父[とう]さん　　　お母[かあ]さん　　　　　　　　　歌[うた]

   B： 陳[チン]さん　の　ほうが　（日本語[にほんご]が）　上手[じょうず]です。
   　　佐藤[さとう]さん　　　　　　　　（ダンスが）
   　　母[はは]　　　　　　　　　　　　（歌[うた]が）

1. 例[れい]：小説[しょうせつ]・映画[えいが]・面白[おもしろ]い　（映画[えいが]）
   →　A：小説[しょうせつ]と　映画[えいが]と　どちらが　面白[おもしろ]いですか。
   　　B：映画[えいが]の　ほうが　面白[おもしろ]いです。
   ① 高橋先生[たかはしせんせい]・田中先生[たなかせんせい]・有名[ゆうめい]（高橋先生[たかはしせんせい]）
   ② 春[はる]・秋[あき]・好[す]き　（秋[あき]）
   ③ 東京[とうきょう]・大阪[おおさか]・家賃[やちん]が　安[やす]い（大阪[おおさか]）

～で ～が 一番（いちばん） （～が） 形容詞

欲表達一個特定範疇內（三個事物以上）的比較時，可使用「～（の中（なか））で ～が 一番（いちばん） 形容詞」的形式，來表達哪個最為優、劣、大、小、長、短、多、寡…等。

此句型亦可在形容詞的前方，加上助詞「～が」來敘述對象或更具體的細節部分。

例 句

・この クラスで 陳（チン）さんが 一番（いちばん） かっこいいです。

（在這個班上，陳先生最帥。）

・この クラスで 陳（チン）さんが 一番（いちばん） 日本語（にほんご）が 上手（じょうず）です。

（在這個班上，陳先生日文最棒。）

・Ａ：スポーツで 何（なに）が 一番（いちばん） 好（す）きですか。 （運動當中，你最喜歡什麼呢？）
　Ｂ：野球（やきゅう）が 一番（いちばん） 好（す）きです。 （我最喜歡棒球。）

・Ａ：日本（にほん）で どこが 一番（いちばん） 人（ひと）が 多（おお）いですか。 （日本當中，哪裡人最多。）
　Ｂ：東京（とうきょう）が 一番（いちばん） 人（ひと）が 多（おお）いです。 （東京人最多。）

・Ａ：あの 会社（かいしゃ）の スマホの 中（なか）で どれが 一番（いちばん） いいですか。

　（那個公司所出的智慧型手機中，哪一隻最好呢？）

　Ｂ：これが 一番（いちばん） いいです。 （這一支最好。）

1. A：クラス　　　　で　誰が　一番　頭が　いい　ですか。
　　この　中　　　　どれ　　　　安い
　　世界　　　　　　どこ　　　　危ない
　　果物の　中　　　何　　　　　美味しい
　　（ここは）1年　　いつ　　　　賑やか

　　B：みんな　　頭が　いい　ですよ。
　　どれも　　安い
　　どこも　　危ない
　　何でも　　美味しい
　　いつも　　賑やか

1. 例：クラス・誰・背が　高い（陳さん）

　　→　A：クラスで　誰が　一番　背が　高いですか。
　　　　B：陳さんが　一番　背が　高いです。
　① この　中・どれ・安い（これ）
　② 世界・どこ・寒い（南極）
　③ 果物の　中・何・美味しい（バナナ）
　④ 一年・いつ・暑い（夏）

（管理員為新搬入的留學生介紹附近商家）

　　この　アパートは　スーパーに　近くて、　便利ですよ。
私は　その　スーパーの　お弁当が　好きです。　天丼が　一番
美味しいです。　駅の　近くの　天丼屋より　美味しいです。
その　スーパーの　隣は　喫茶店です。　そこの　コーヒーは
まずいです。　自動販売機の　缶コーヒーより　味が　ひどいで
す。　でも、　店員は　親切で、　話が　とても　上手です。

（兩位留學生討論附近商家）

陳　　：昨日、　その　喫茶店へ　行きました。

林　　：どうでしたか。

陳　　：コーヒーは　美味しく　なかったですが、　ケーキは
　　　　美味しかったです。

林　　：学校の　近くの　ケーキ屋さんの　ケーキと、　その
　　　　喫茶店の　ケーキと、どちらが　美味しいですか。

陳　　：どちらも　美味しいですよ。

林　　：あっ、もう　12時ですね。　管理人さん、　この
　　　　近くの　レストランで、どこが　一番　料理が
　　　　美味しいですか。

管理人：どこも　美味しいですよ。

　　這個公寓離超市很近，很方便喔。我喜歡那間超市的便當。天丼（炸蝦蓋飯）最好吃。比車站附近的天丼專門店更好吃。那間超市的隔壁是咖啡店。那裡的咖啡很難喝。比自動販賣機的罐裝咖啡的味道還糟。但是店員很親切，很會講話。

陳　　：昨天我去了那間咖啡店。

林　　：如何呢？

陳　　：咖啡不好喝，但蛋糕很好吃。

林　　：學校附近的蛋糕店跟那間咖啡店的蛋糕，哪個比較好吃。

陳　　：都很好吃。

林　　：啊，已經 12 點了。管理員先生，請問這附近的餐廳，
　　　　哪一間料理最美味呢？

管理員：每間都很好吃喔。

填空題

1. 私（　　　）　日本の　映画（　　　）　好きです。

2. A：車が　欲しいですか。　B：いいえ、　あまり　（　　　　　　　　）。

3. 林さんは　小林さん（　　　　　）　髪（　　　）　長いです。

4. A：陳さん（　　）　林さん（　　）　どちら（　）　背（　）　高いですか。

5. 承上題B：陳さん（　　　　　）　背（　　　）　高いです。

6. A：この中で　どれ（　　）　一番　好きですか。B：どれ（　　）　好きです。

7. A：鈴木さん（　　　）　ルイさん（　　　）　どちら（　　　）　好きですか。

8. 承上題B：どちら（　　　）　好きです。

選擇題

1. A：あの　赤い　かばんが　欲しいですか。　B：いいえ、　（　）です。
   1　欲しいです　　　　　　　　　2　欲しいでは　ありません
   3　欲しくないです　　　　　　　4　欲しいでした

2. 日本（　）　台湾（　）　物価（　）　高いです。
   1　は／が／より　　　　　　　　2　は／より／が
   3　より／が／は　　　　　　　　4　が／は／より

3. A：池袋（　）　目白（　）、　どちら（　）　環境（　）　いいですか。
   1　と／と／が／が　　　　　　　2　と／が／と／が
   3　が／が／と／と　　　　　　　4　が／と／が／と

4. 承上題　B：目白（　）　環境（　）　いいです。

　　1　は／が　　　　　　　　　　　2　が／は

　　3　の　ほうが／が　　　　　　　4　の　ほうは／は

5. 世界で　（　）が　一番　好きですか。

　　1　どちら　　　　2 どれ　　　　　　3　どこ　　　　　　　4　どの

6. 佐藤さん（　）　会社の　中で　一番　英語（　）　上手です。

　　1　は／が　　　　2　が／は　　　　3　は／は　　　　　　4　より／が

翻譯題

1. 家族で　誰が　一番　背が　高いですか。

2. 私は、　銀行の　隣の　レストランの　カレーが　好きです。

3. この　部屋は、　あの　部屋より　広くて　明るいですが、
　　駅から　遠いです。

4. 我想要一台新的智慧型手機。

5. 世界上你最喜歡誰呢？

6. 工作和讀書，哪個比較辛苦（大変）？

本書綜合練習

填空題 ·

01. 私（　　　　）　台湾人です。

02. あの　人は　朴さんです。　陳さん（　　　　）　先輩です。

03. 中村さんは　会社員です。　佐藤さん（　　　　）　会社員です。

04. A：誰（　　　　）　ワタナベ商事の　社長ですか。

　　 B：あの　人（　　　　）　ワタナベ商事の　社長です。

05. A：小林さんは　会社員です（　　　　）。　B：はい、　そうです。

06. ダニエルさんは　アメリカ人（　　　　　　）、　イギリス人（　　　　　　）。

07. 田中さんは　会社員（　　　　　　）　ありません。

08. （　　　　　　）が　あなたの　スマホですか。（總共一堆手機）

09. A：あなたの　スマホは　（　　　　　　）ですか。　B：はい、　これです。

10. A：どこが　駅ですか。　Bあそこ（　　　　）　駅です。

11. A：台湾は　暑いですか。　B：はい、　（　　　　　　）　暑いです。

12. 陳さんの　マンションは　広いです。　（　　　　　　）　新しいです。

13. A：大阪は　どう（　　　　　　　）か。　B：食べ物が　美味しかったです。

14. 昨日は　晴れでした。　一昨日は　雨（　　　　　　　）。

15. あの　男性は　有名（　　　　）人です。

16. 佐藤さんの　部屋は　狭（　　　　　　）、　暗いです。

17. 小林さんの　マンションは　広いです（　　　　）、　古いです。

18. 私（　　　　）　あなた（　　　　）　好きです。

19. ルイさん（　　　　）　陳さん（　　　　）　どちら（　　　　）　かっこいいですか。

20. 王さんは　陳さん（　　　　　　）　若いです。

21. 新宿は　賑やか（　　　　）、　便利な　町です。

22. A：東京は　（　　　　　　　）町ですか。　賑やかな　町です。

23. A：新しい　家が　欲しいですか。　B：はい、　（　　　　　　　　　　）。

24. A：高橋先生は　（　　　　　　）人ですか。　B：あの　声が　大きい人です。

25. 象は　鼻（　　　　）　長いです。

選択題 ....

01. 高橋さんは　先生です。　田中さん（　）　先生です。

　　1　は　　　　　　2　も　　　　　　3　が　　　　　　4　か

02. 山本さんは　医者です。　加藤さん（　）　銀行員です。

　　1　も　　　　　　2　は　　　　　　3　の　　　　　　4　か

03. A：あれは　（　）ですか。　ピーマンです。

　　1　どれ　　　　　2　なん　　　　　3　だれ　　　　　4　どの

04. 誰が　医者ですか。　私（　）　医者です。

　　1　は　　　　　　2　も　　　　　　3　が　　　　　　4　か

05. （　）お弁当は、　私の　では　なくて、　ジャックさんの　です。

　　1　どれ　　　　　2　どの　　　　　3　それ　　　　　4　その

06. すみません、　公園（　）　どこですか。

　　1　は　　　　　　2　が　　　　　　3　か　　　　　　4　の

07. 客：すみませんが、　果物は　どこですか。　店員：（　）です。

　　1　それ　　　　　2　その　　　　　3　そちら　　　　4　そう

08. （多選一）あなたの　お弁当は　（　）ですか。

　　1　どこ　　　　　2　どなた　　　　3　どれ　　　　　4　どちら

09. A：昨日の　試験は　（　）でしたか。　　B：簡単でした。

　1　なん　　　　　　2　だれ　　　　　　3　どう　　　　　　4　どこ

10. タクシーは　（　）　便利です。

　1　とても　　　　　2　あまり　　　　　3　どう　　　　　　4　そして

11. この　タブレットは　（　）、　いいです。

　1　軽かって　　　　2　軽かった　　　　3　軽いで　　　　　4　軽くて

12. 会社の　（　）　レストランは　美味しく　ないです。

　1　近い　　　　　　2　近いの　　　　　3　近く　　　　　　4　近くの

13. 家族で　（　）が　一番　スポーツが　得意ですか。

　1　どちら　　　　　2　どれ　　　　　　3　だれ　　　　　　4　なに

14. 陳さん（　）　クラスで　一番　背（　）　高いです。

　1　は／が　　　　　2　が／は　　　　　3　は／は　　　　　4　より／が

15. 昨日の　パーティーは　（　）。

　1　楽しかっだ　　　　　　　　　　2　楽しく　なかった
　3　楽しいだった　　　　　　　　　4　楽しく　たった

Memo

Memo

日本語 - 01

穩紮穩打日本語 初級 1

編　　　著	目白 JFL 教育研究会
代　　　表	TiN
排 版 設 計	想閱文化有限公司
總 編 輯	田嶋 惠里花
發 行 人	陳郁屏
插　　　圖	想閱文化有限公司
出 版 發 行	想閱文化有限公司
	屏東市 900 復興路 1 號 3 樓
	電話：(08)732 9090
	Email：cravingread@gmail.com
總 經 銷	大和書報圖書股份有限公司
	新北市 242 新莊區五工五路 2 號
	電話：(02)8990 2588
	傳真：(02)2299 7900
初　　　版	2023 年 07 月
定　　　價	280 元
I　S　B　N	978-626-97567-0-4

國家圖書館出版品預行編目 (CIP) 資料

穩紮穩打日本語 . 初級 1/ 目白 JFL 教育研究会編著 . -- 初版 . --
屏東市 : 想閱文化有限公司 , 2023.07
　面；　公分 . -- (日本語 ; 1)
ISBN 978-626-97567-0-4(平裝)

1.CST: 日語 2.CST: 讀本

803.18 112010713